Pequeña Tamazigh

Patricia Geis

Combel
EDITORIAL

Había una vez una niña que se llamaba Pequeña Tamazigh; vivía al sur de Marruecos, en el valle del Dráa, a las puertas del desierto.

Pequeña Tamazigh vivía con su papá, Baba, su mamá, Immi, y sus cuatro hermanitos, Izzi, Iza, Ifni y Amaz'uz', en un ksur de casas de arcilla rodeado de palmeras y rosas rojas, púrpura y amarillas.

Una mañana Immi y Baba le encargaron que cuidara de sus hermanos mientras iban al mercado a vender las preciosas alfombras que Immi había tejido con la lana de las cabras y teñido con raíces y plantas de las montañas.

Tenían tanto trabajo, hacía tanto calor, el desierto era tan grande y pasaban tantas cosas que Immi y Baba estaban muy preocupados.

—¡Cómo quisiera poder ayudarlos! —pensaba Pequeña Tamazigh.

Mientras jugaban en la puerta de casa, pasó un pastor, con su capa de pelo de camello. Al verla tan preocupada, le regaló un dátil y le dijo:

—¡Pequeña Tamazigh: éste es un dátil del desierto, al probarlo se te pasarán todas las preocupaciones, aunque sólo sea por un momento!

Pequeña Tamazigh lo probó y pensó que nunca antes había comido un dátil tan dulce y delicado; mientras lo saboreaba, se olvidó de todo lo demás.

De pronto, se le ocurrió que, si iba a buscar dátiles, se los podría dar a Immi y a Baba, a sus hermanos, y a todo el ksur para que olvidaran sus preocupaciones. Así que Pequeña Tamazigh dijo a sus hermanos que no se movieran de casa y que se portaran muy bien.

Se subió al burro y se fue a buscar la palmera.

Caminó y caminó por la tierra arcillosa hasta
que llegó al desierto. Caminó y caminó por la arena
hasta que sintió una brisa polvorienta y dulce.
Tan dulce como los dátiles del desierto.

Y allí estaba: era una pequeña palmera cargada de racimos de dátiles amarillos.

Pequeña Tamazigh llenó sus alforjas con tantos, tantos dátiles, que no cabía ni uno más.

Entonces, emprendió el camino de vuelta. Pero el sol brillaba con todas sus fuerzas y, además, empezó a soplar el viento del desierto, el siroco; hacía tanto, tanto calor que, primero, perdió las fuerzas y, después, el rumbo.

Mirara por donde mirara, Pequeña Tamazigh no veía más que arena.

Mientras batallaba con el sol, el viento y la arena, le pareció ver una figura a lo lejos. Pensó que si se acercaba, quizá desaparecería, como los espejismos, pero no fue así. ¡Era su hermano Izzi! Y detrás de él, veía a Iza, y después a Ifni, y finalmente a Amaz'uz'. Cada cual más lejos, cada cual más pequeñito. Le estaban indicando el camino de vuelta a casa.

—¡Como tardabas tanto, hemos venido a buscarte!

—¡Vamos, Izzi, sube al burro! —dijo Pequeña Tamazigh.

Y cuando Izzi subió, el pobre burro jadeó, y Pequeña Tamazigh tiró un racimo de dátiles para aligerar la carga.

Después, recogieron a Iza, y cuando Iza subió, el pobre burro resopló, y Pequeña Tamazigh tiró otro racimo de dátiles para aligerar la carga.

A continuación, recogieron a Ifni, y cuando Ifni subió, el pobre burro bufó, y Pequeña Tamazigh tiró otro racimo de dátiles para aligerar la carga.

Finalmente, recogieron a Amaz'uz', el más pequeño,
y cuando Amaz'uz' subió, el pobre burro rebufó,
y Pequeña Tamazigh tiró el último racimo de dátiles
que le quedaba.

Finalmente, recogieron a Amaz'uz', el más pequeño, y cuando Amaz'uz' subió, el pobre burro rebufó, y Pequeña Tamazigh tiró el último racimo de dátiles que le quedaba.

Entonces, Immi y Baba se pusieron tan contentos de verlos que, por un momento, se olvidaron de sus preocupaciones. Y comieron todos juntos, muy contentos, tayin de vaca con ciruelas, pasas y sésamo.

Cuentan los ancianos del lugar que, por cada racimo de dátiles que fue tirando Pequeña Tamazigh, creció una preciosa palmera con los dátiles más dulces que jamás nadie había probado.

más información

Marruecos

Tamazigh: es el femenino de Amazigh, pueblo que, desde hace unos 4 000 años vive en el norte de África. Amazigh significa «hombre libre».

Ksur: los ksur son pueblos concebidos para facilitar la defensa de la comunidad; surgen alrededor de los sitios donde hay agua luchando para ganar espacio al desierto, y se convierten en mercados, donde pastores nómadas y agricultores intercambian sus productos.

Espejismo: ilusión óptica que se origina en determinadas circunstancias por el reflejo de la luz en la lejanía. Los espejismos son muy propios de los lugares desérticos y desaparecen en cuanto uno se aproxima a ellos porque, en el fondo, no son más que una ilusión que, aunque parece real, no lo es.

Tachelhit: uno de los dialectos Amazigh que se habla en el sureste de Marruecos. Estas son algunas palabras: immi (mamá), baba (papá), tazaninne (niños), aghyul (burro).

Tayin: estofado de carne que, unas veces, se acompaña de hortalizas, y otras, de fruta.